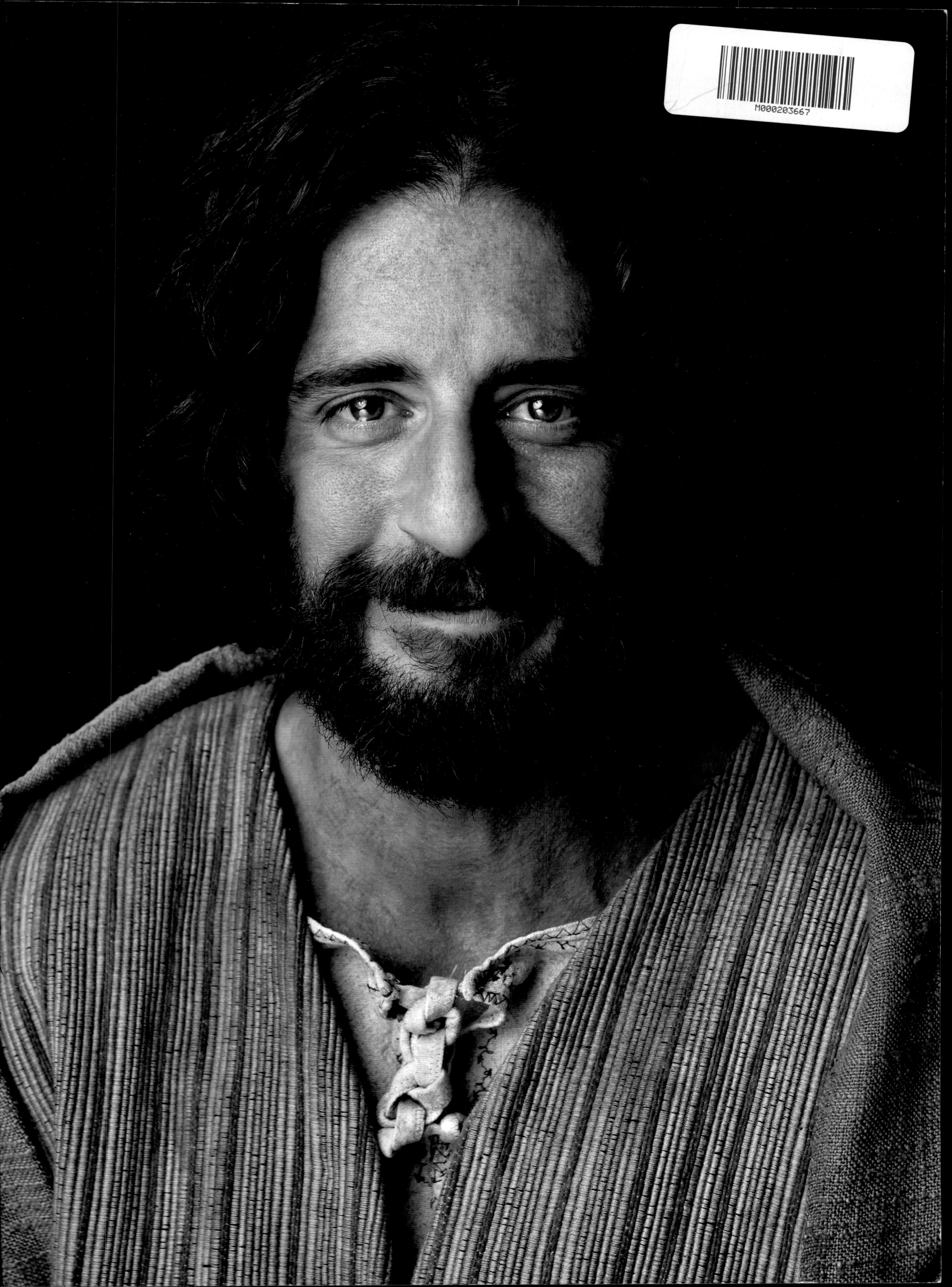

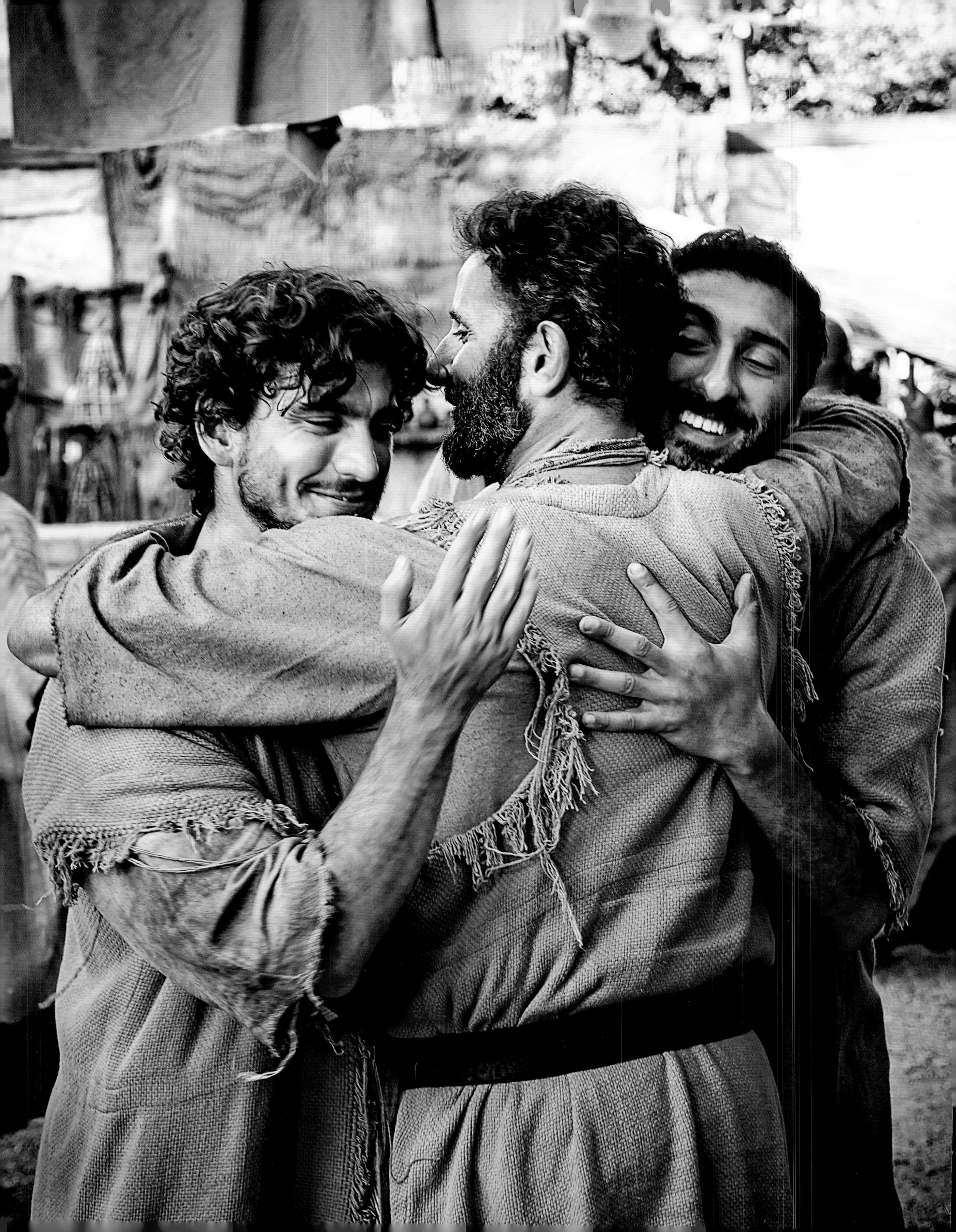

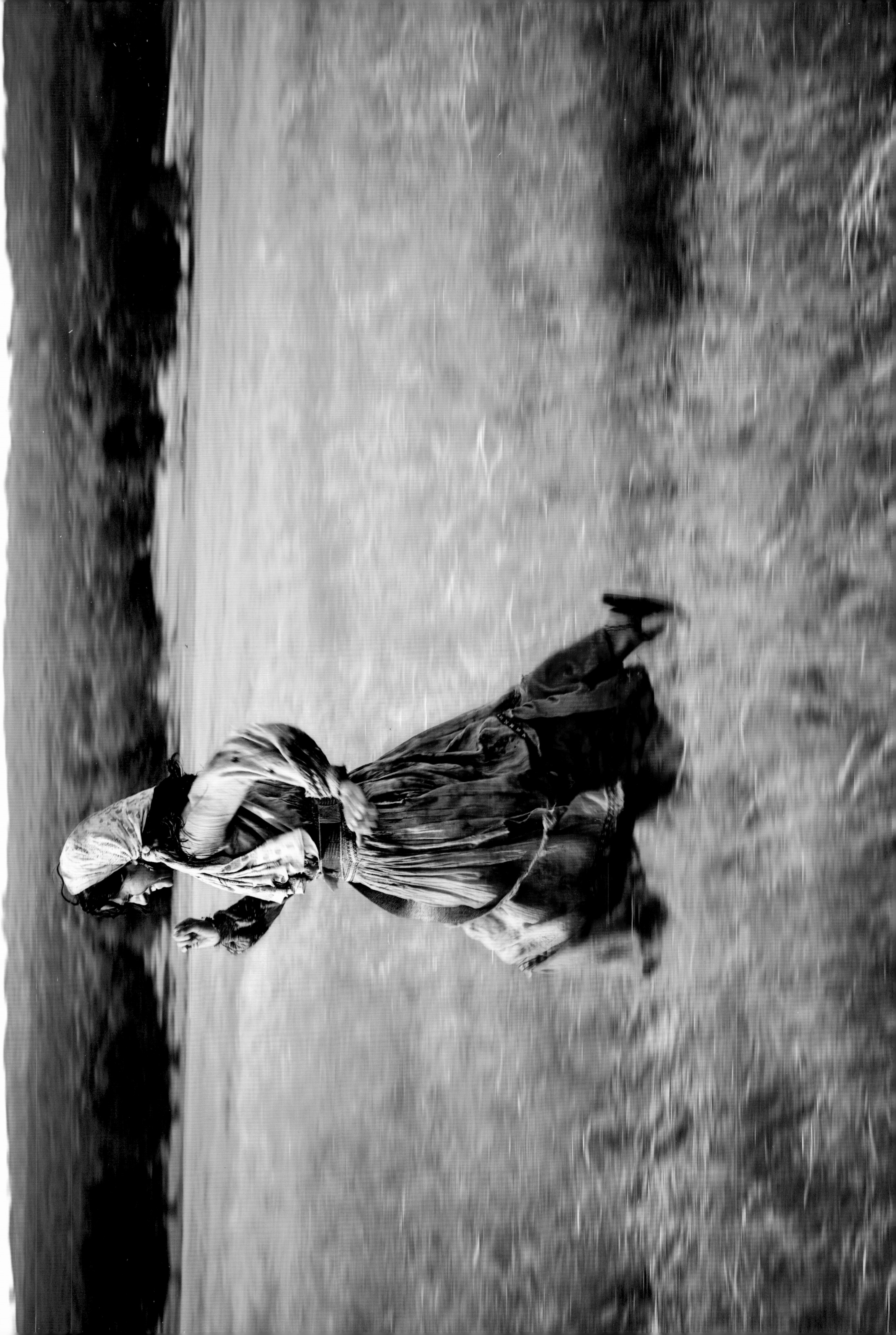

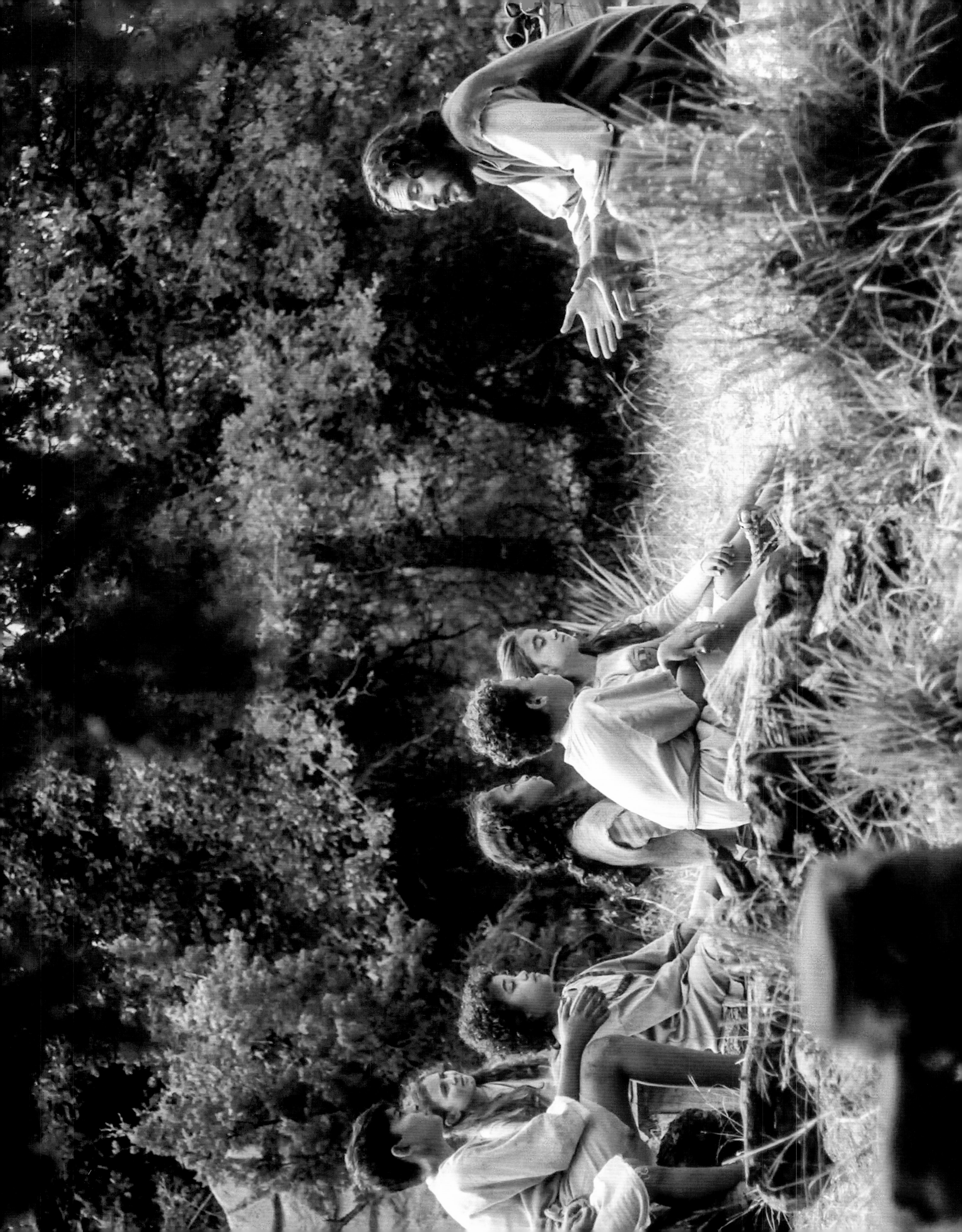

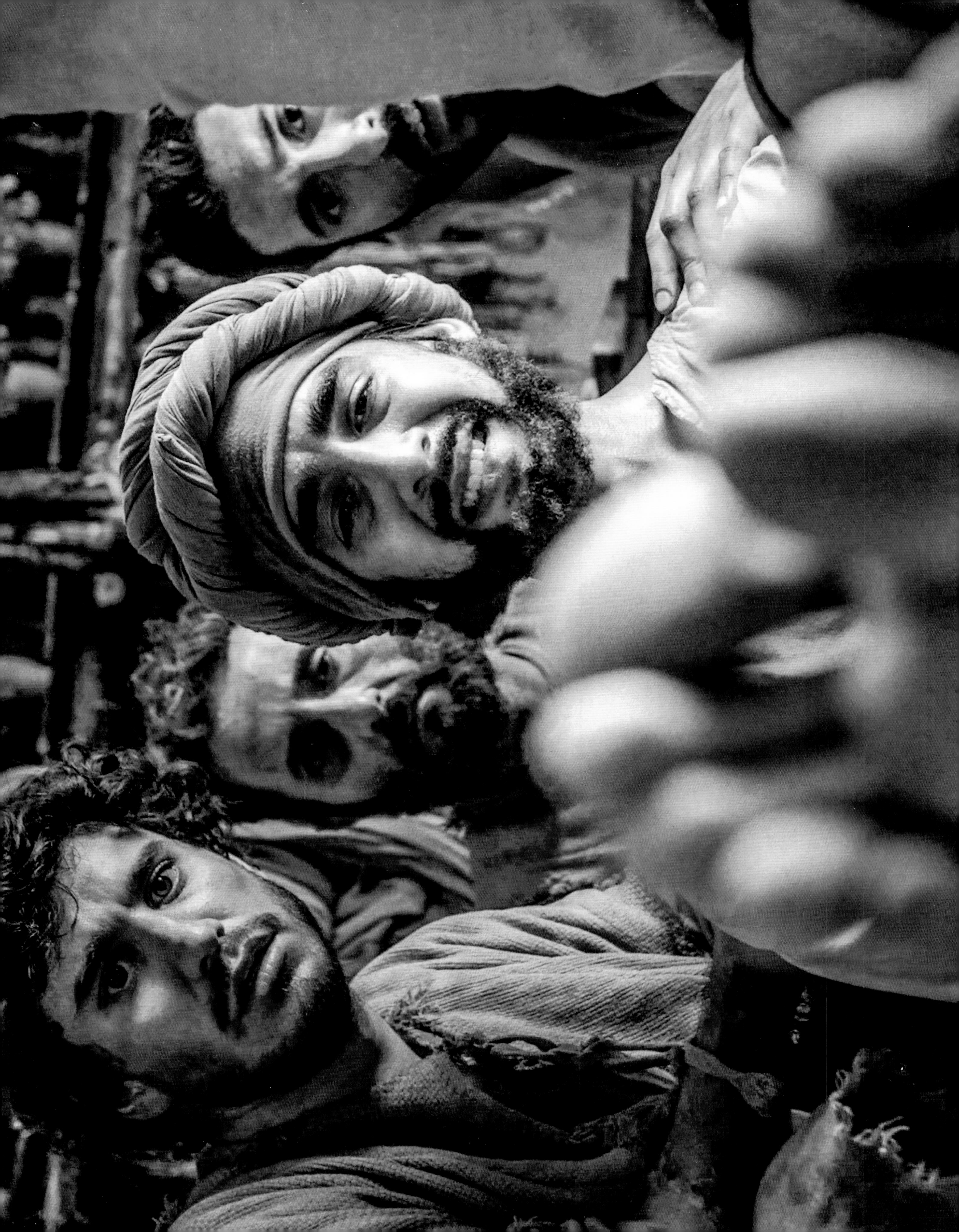

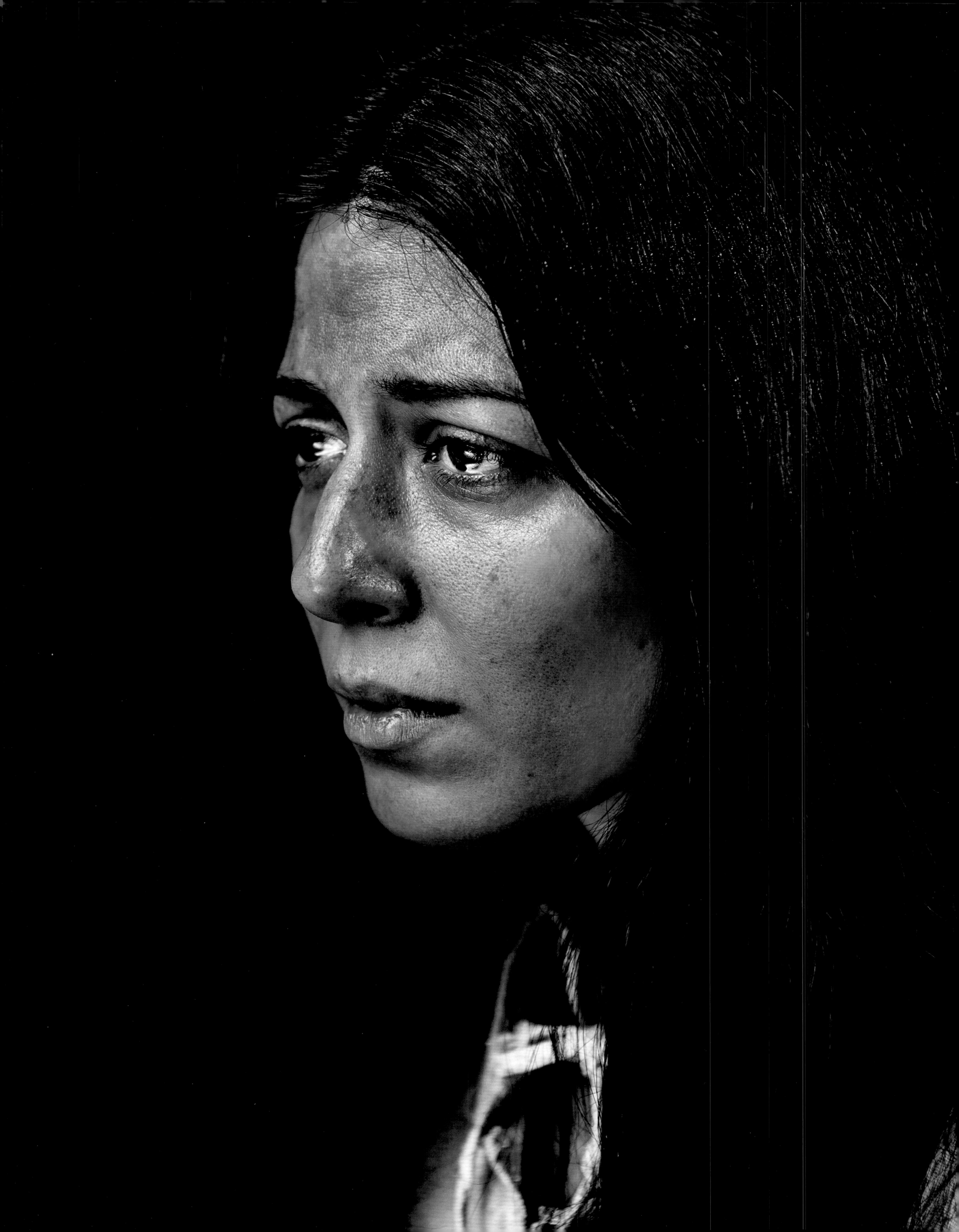

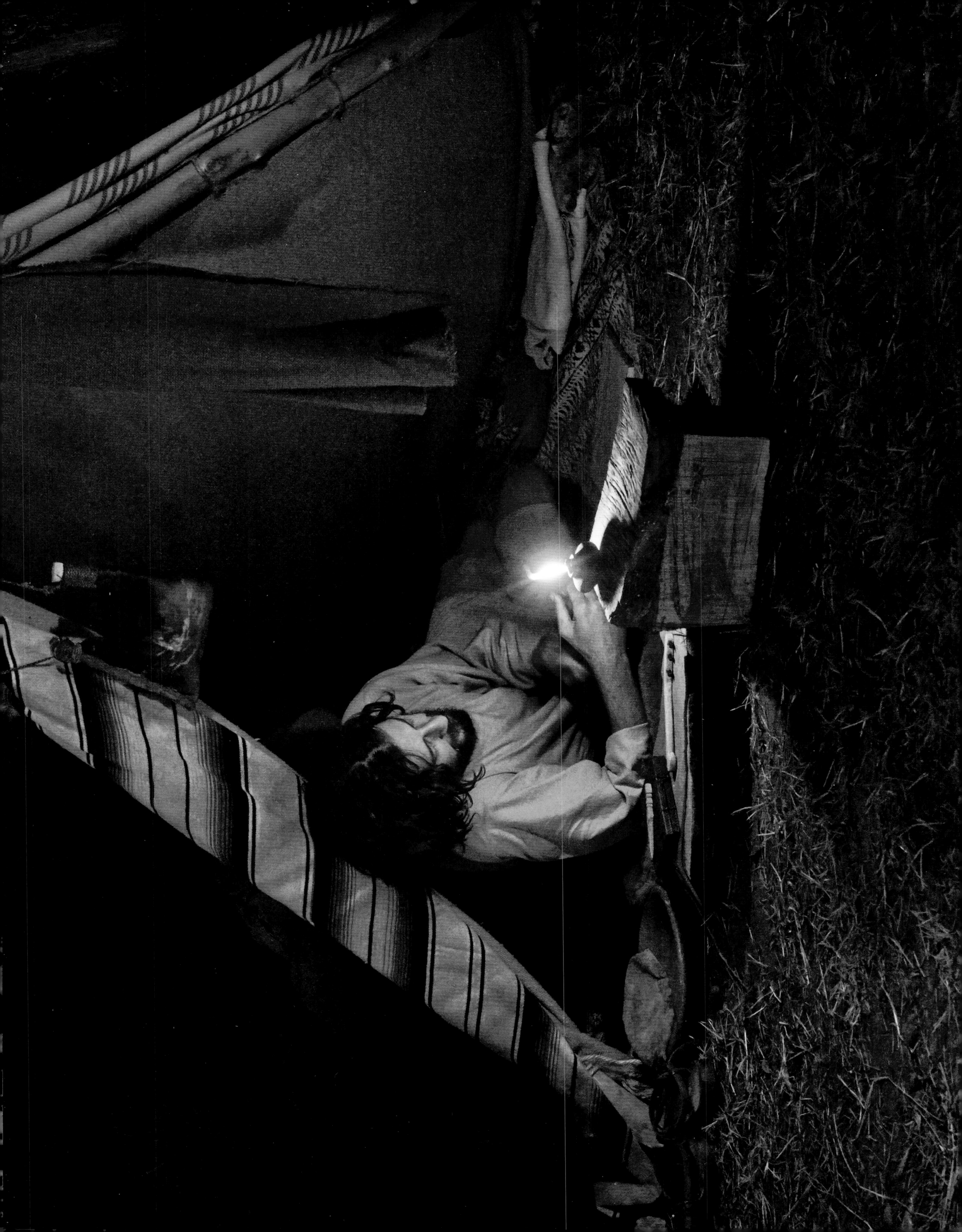

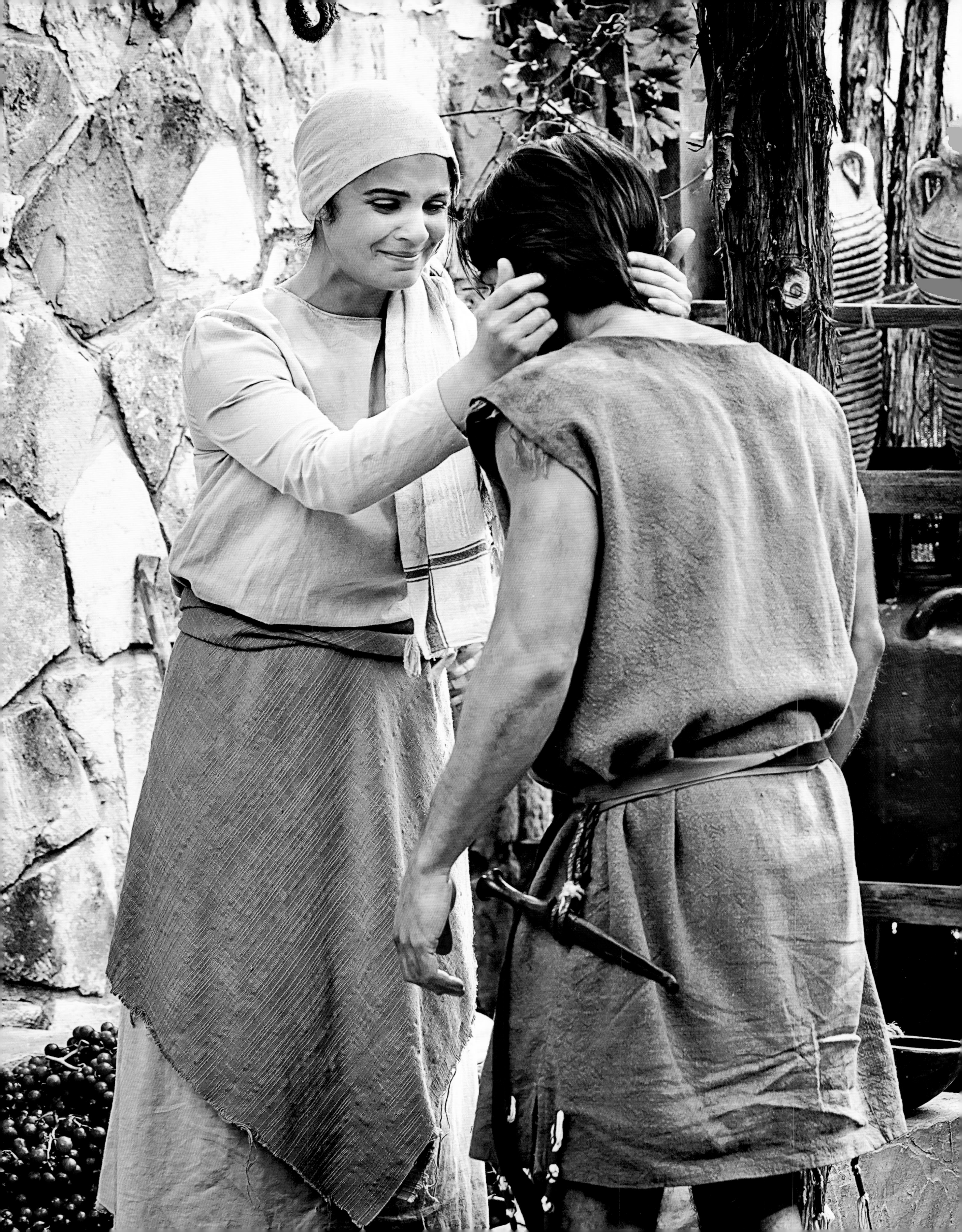

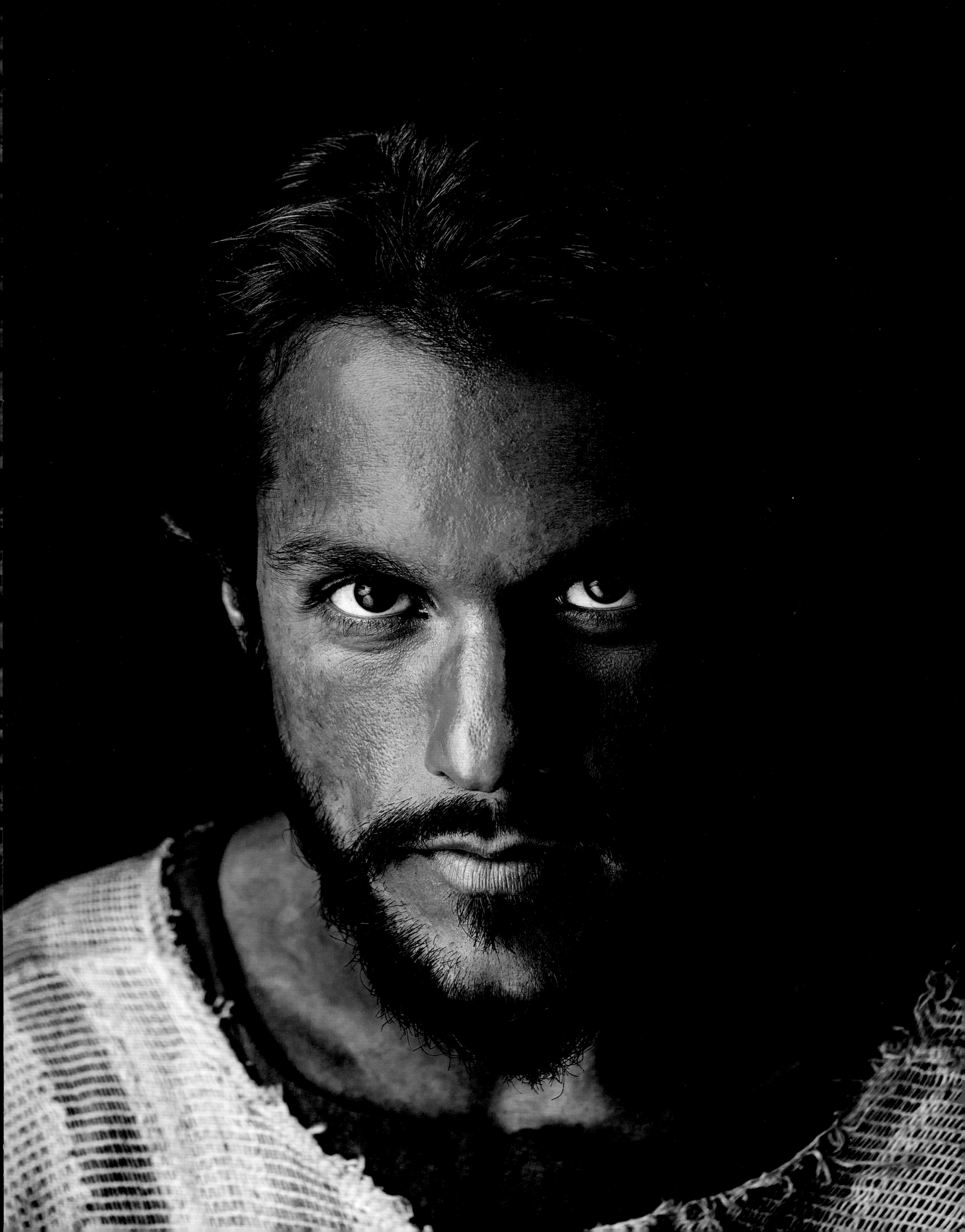

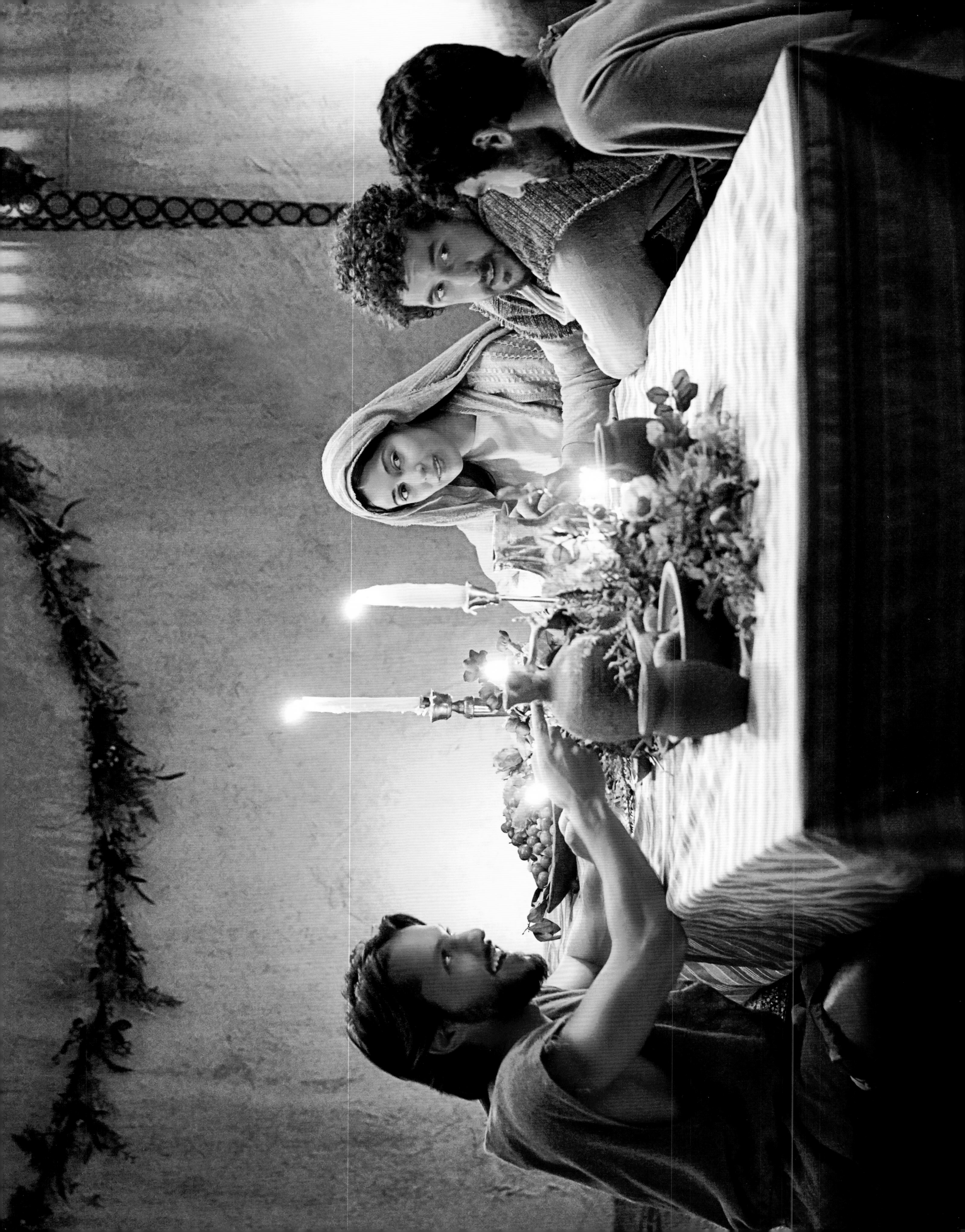

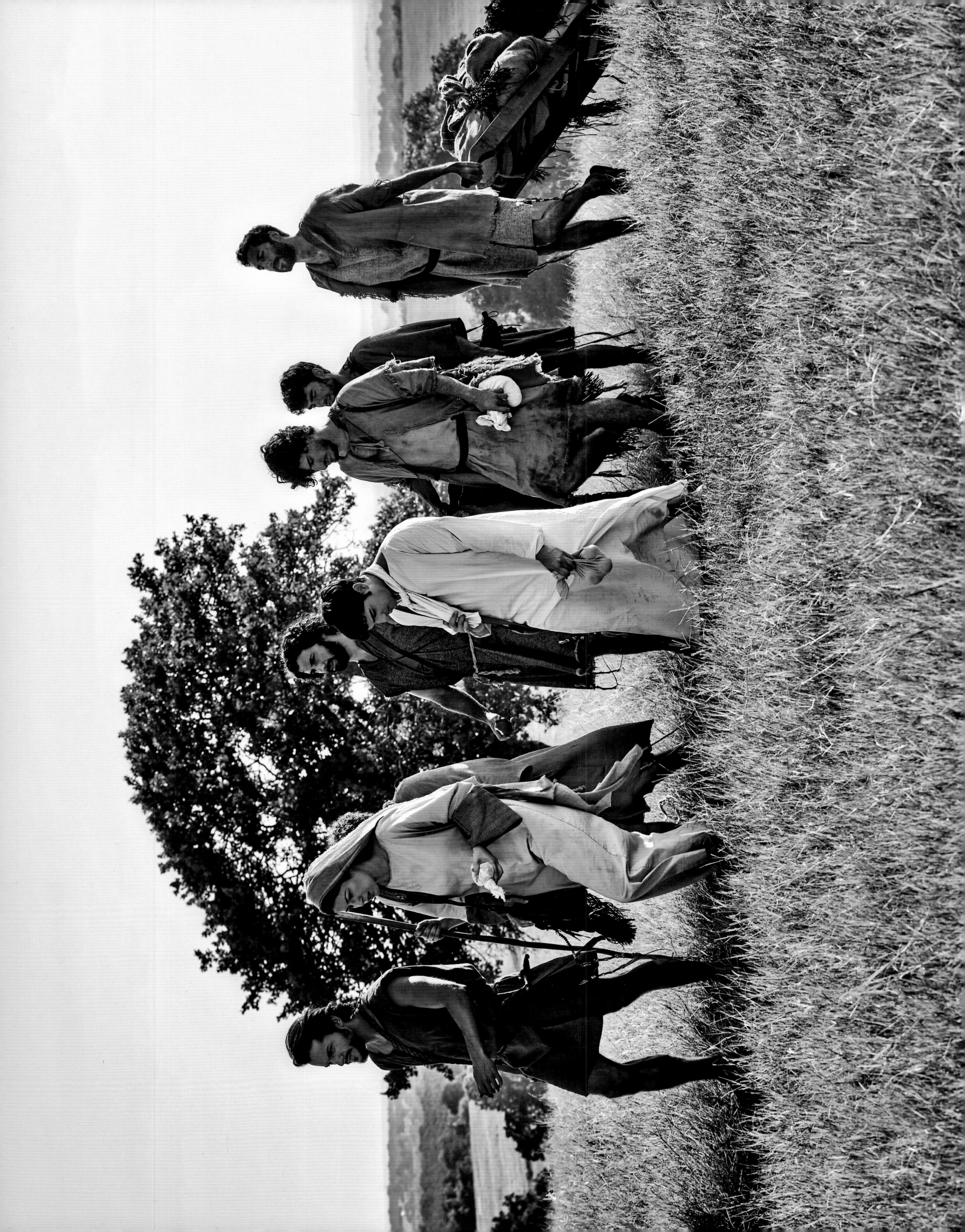

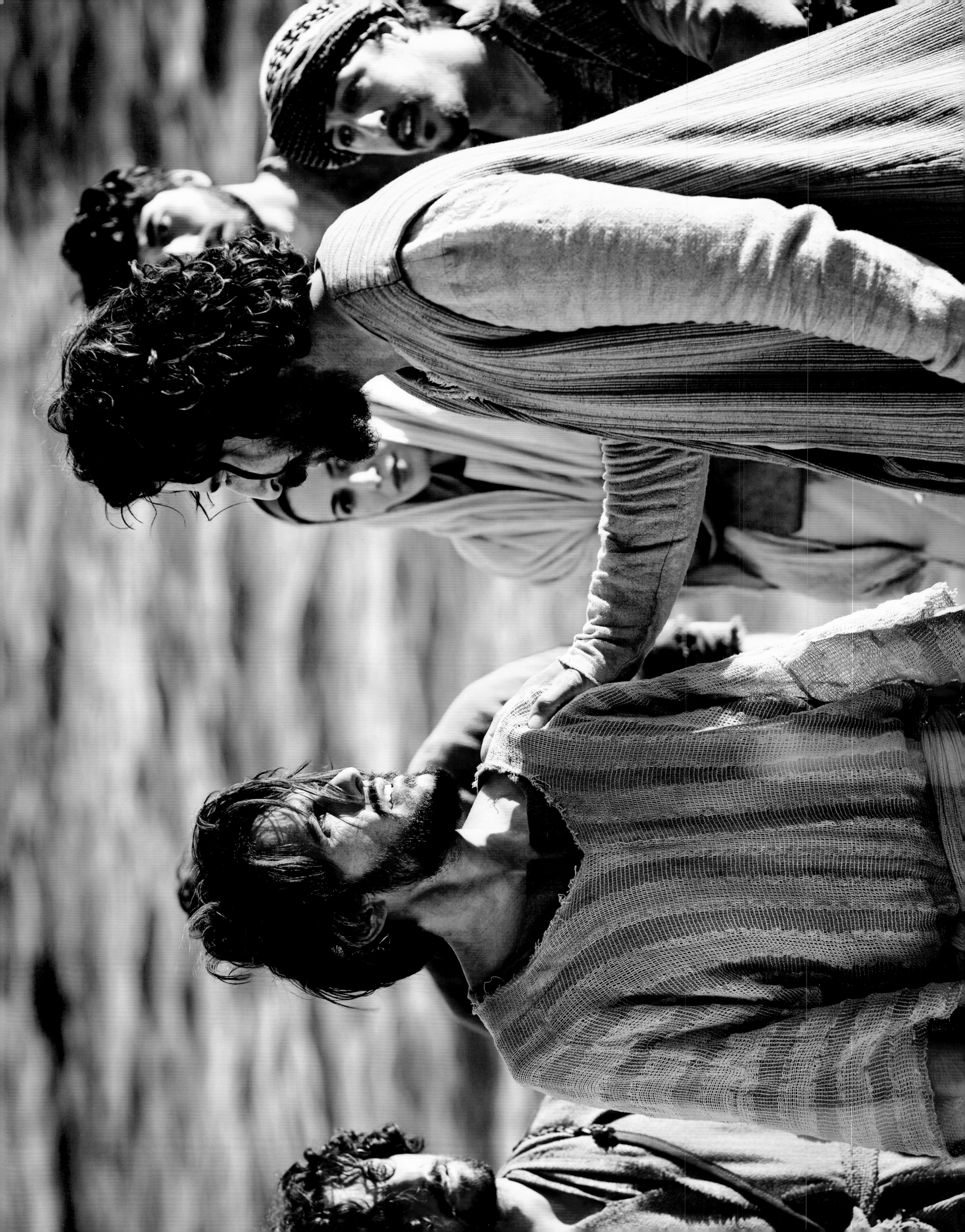

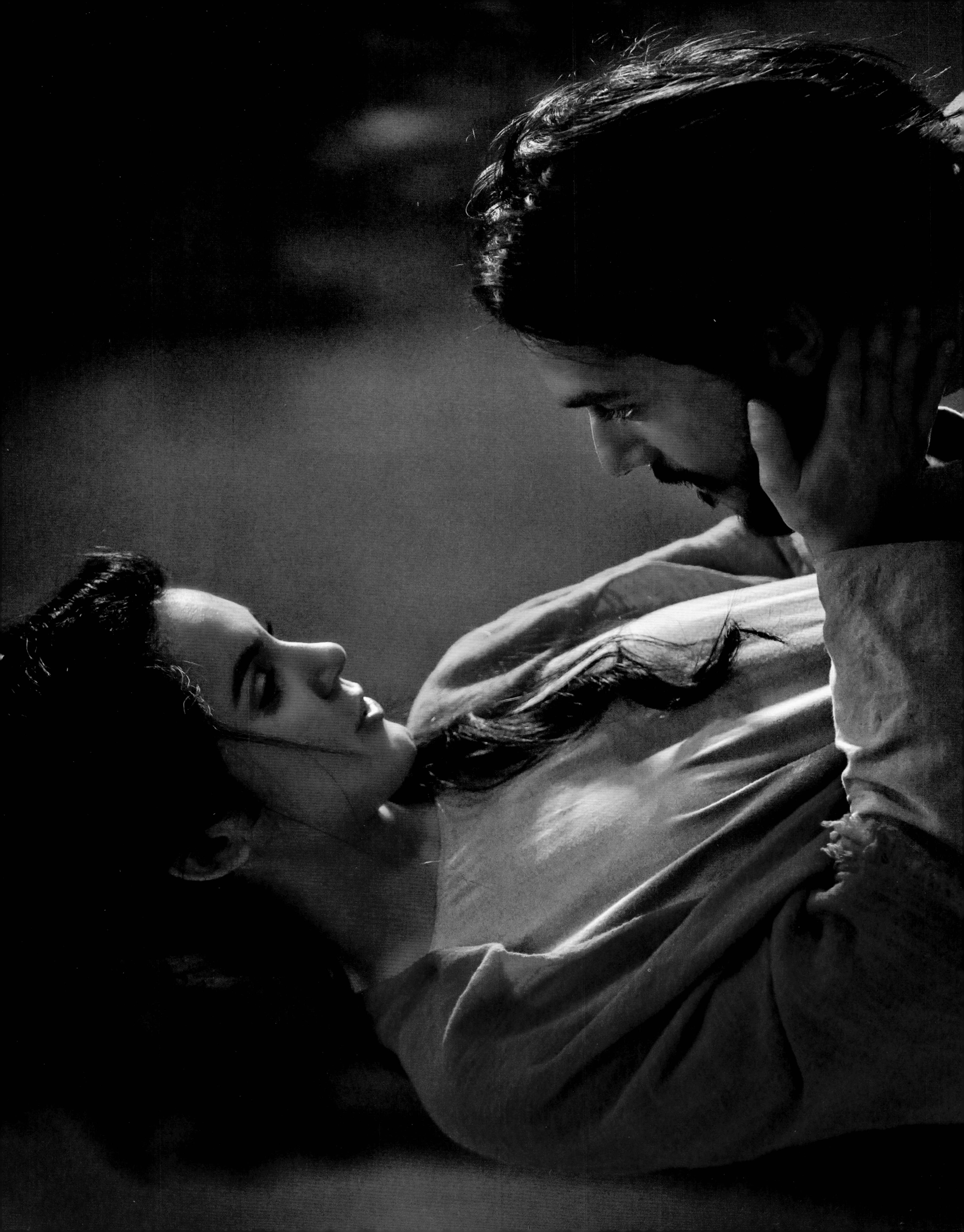

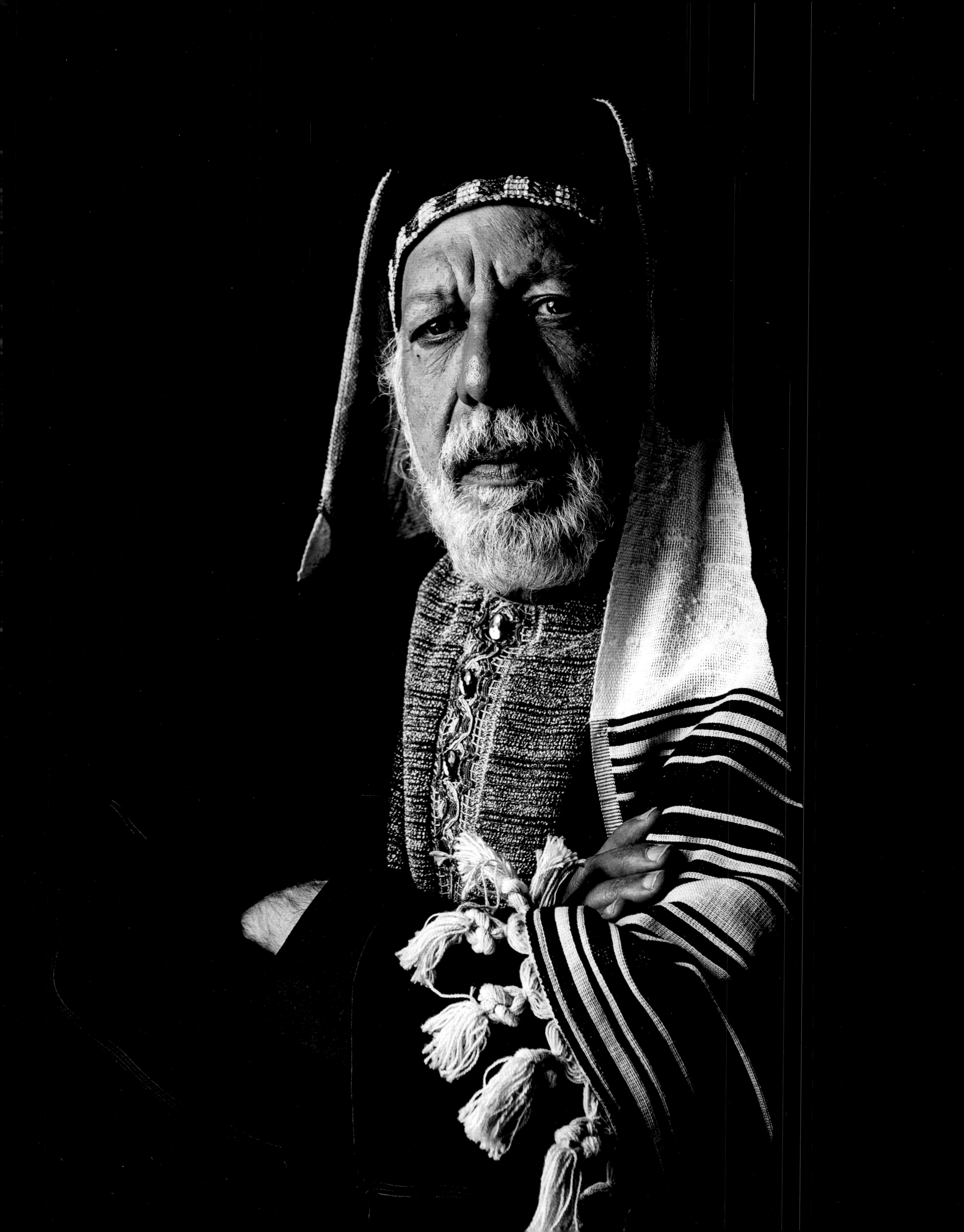

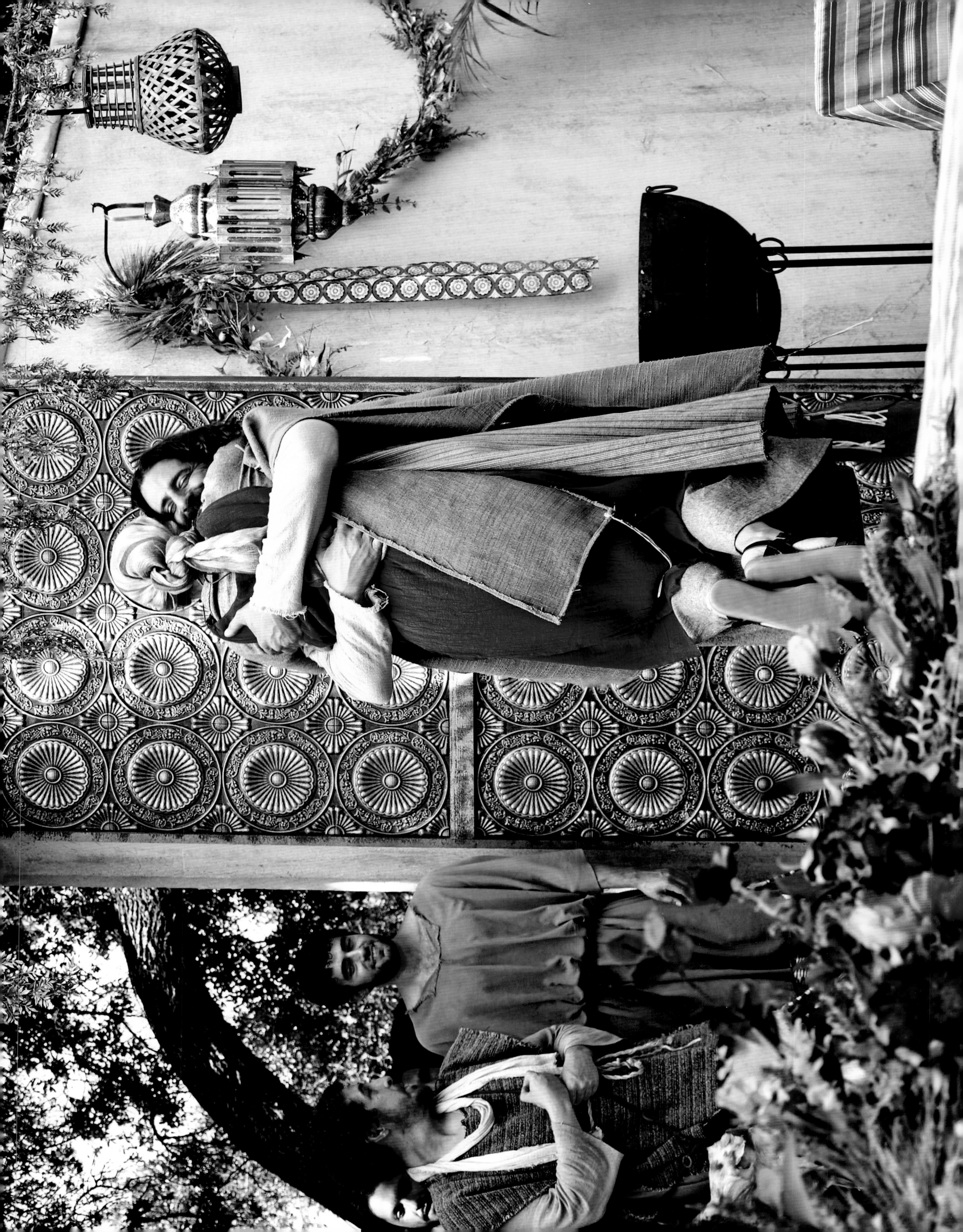

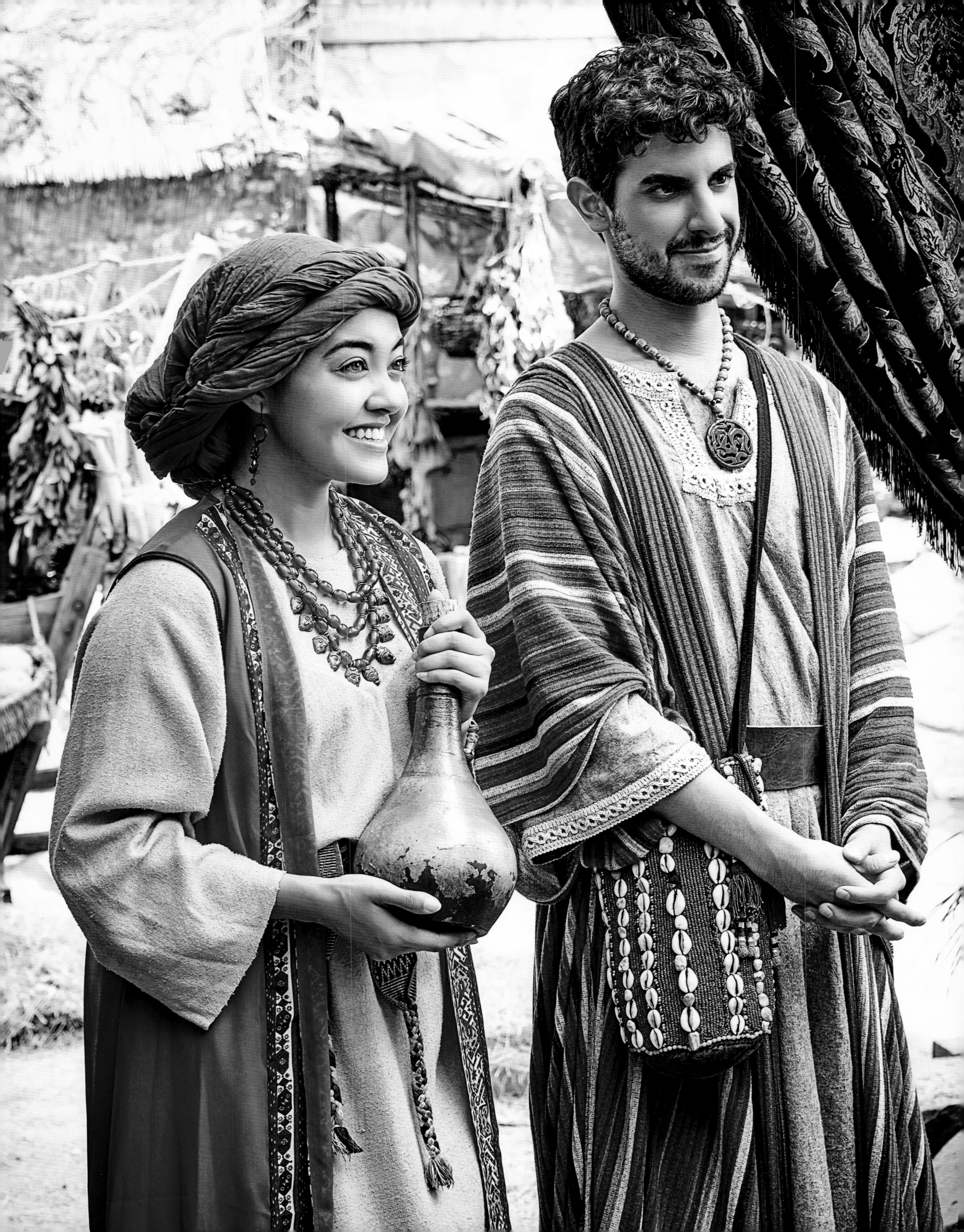

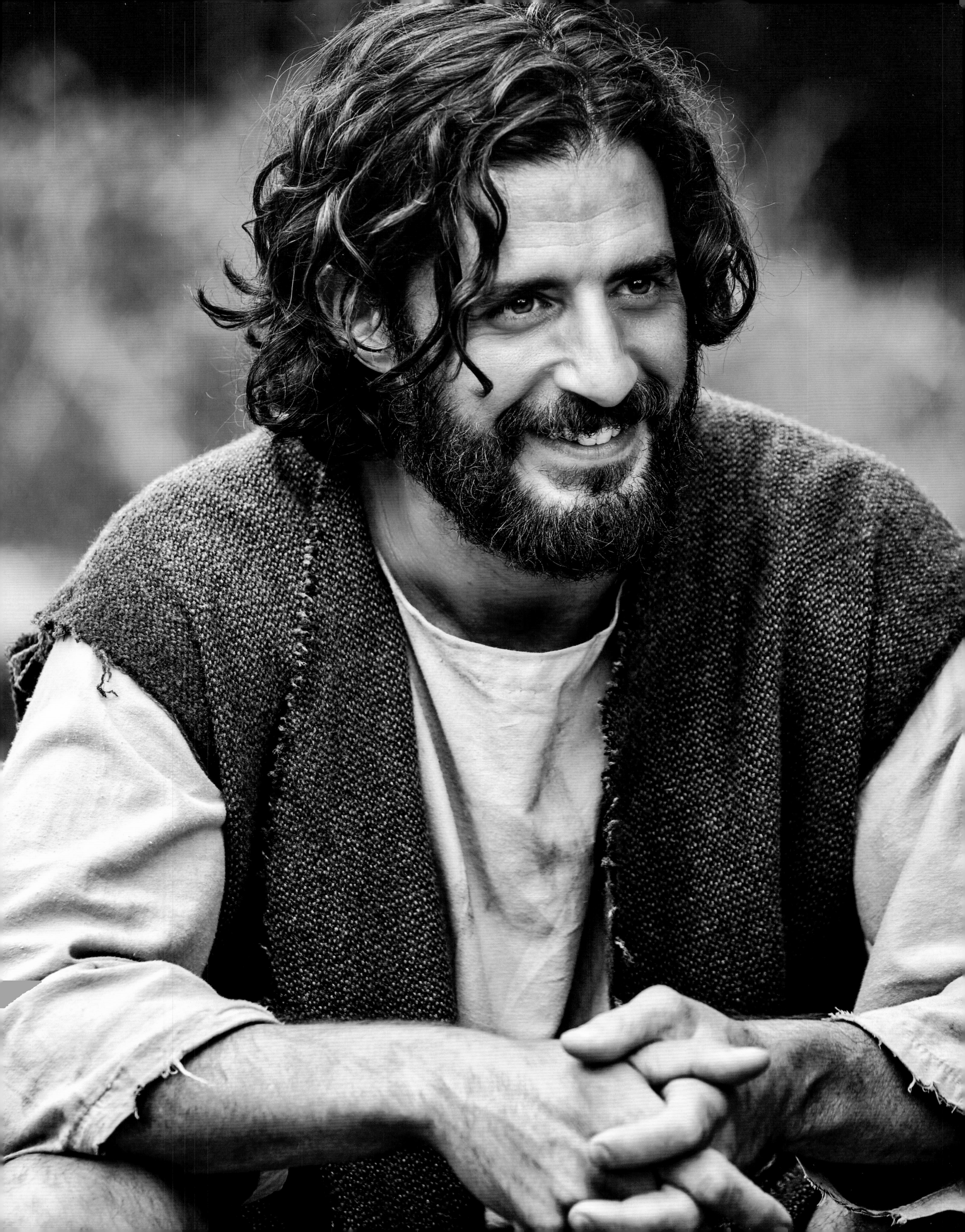

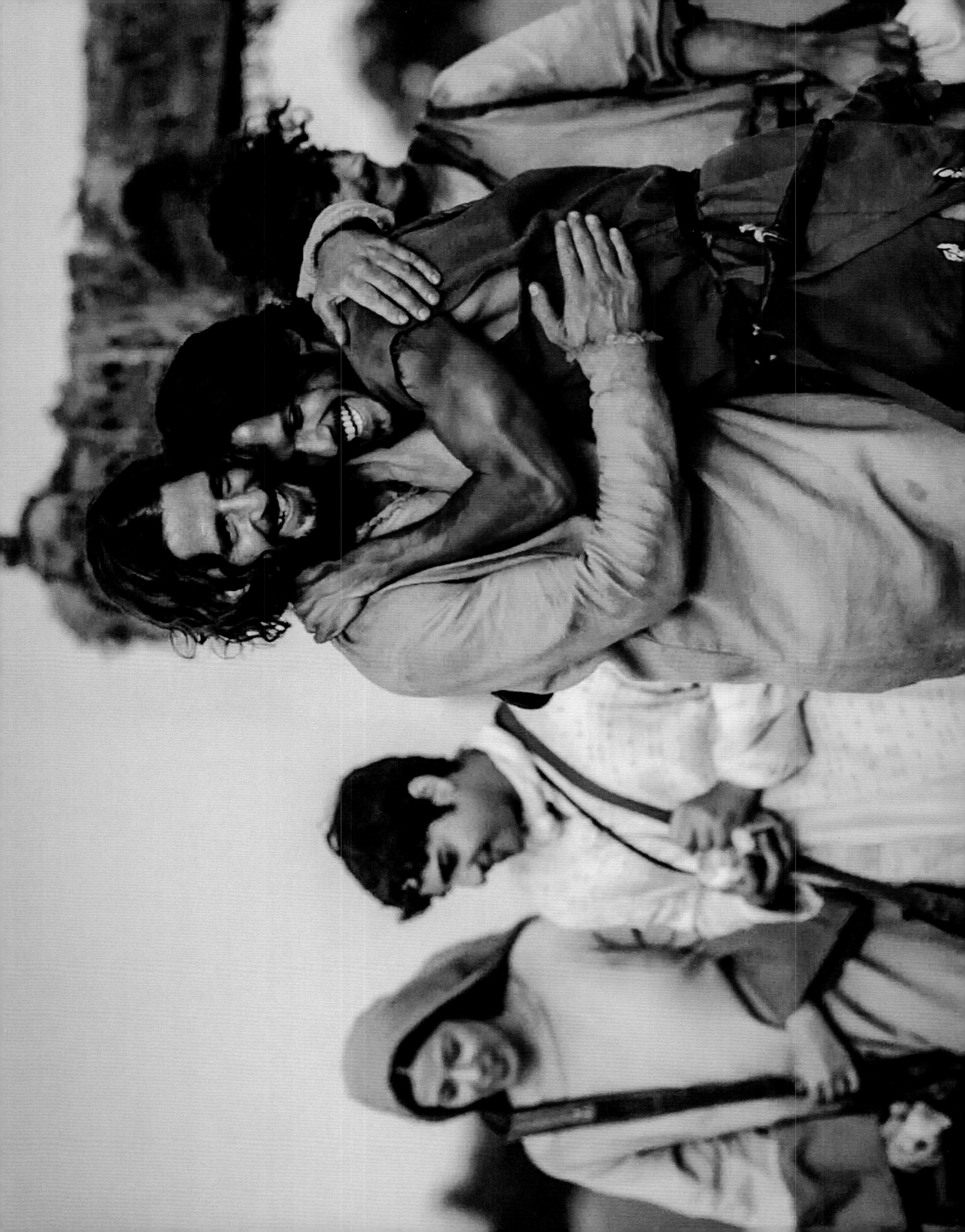

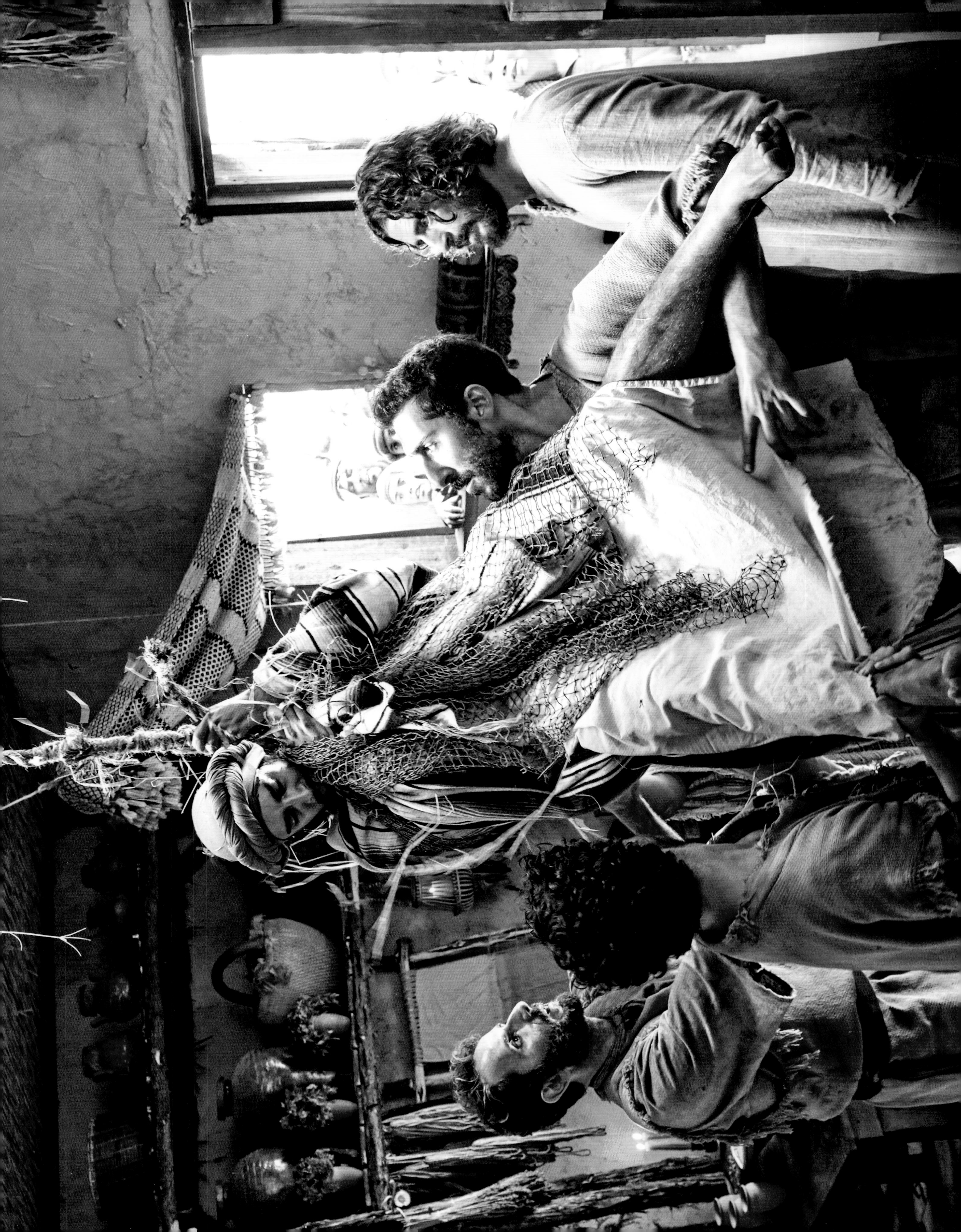

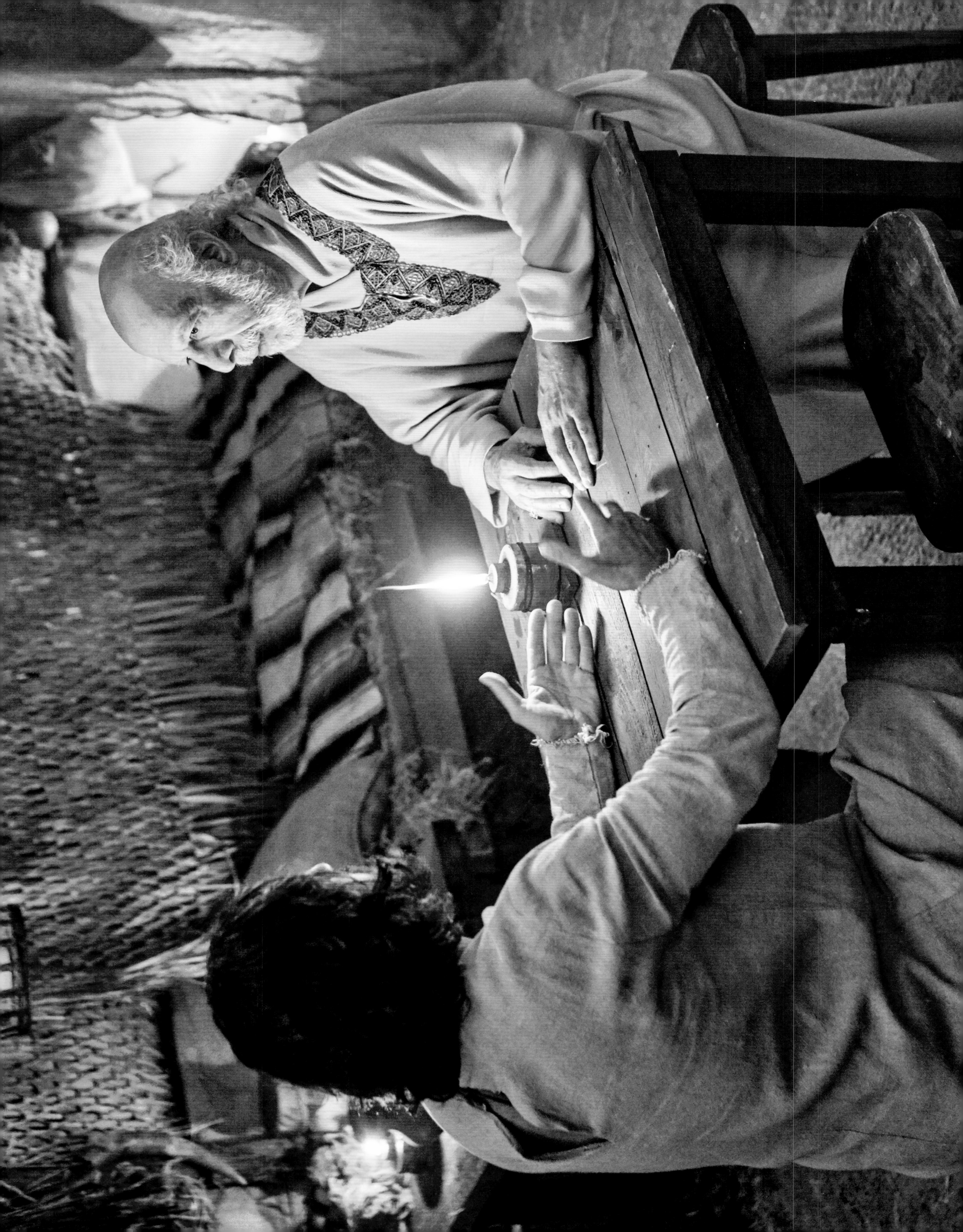

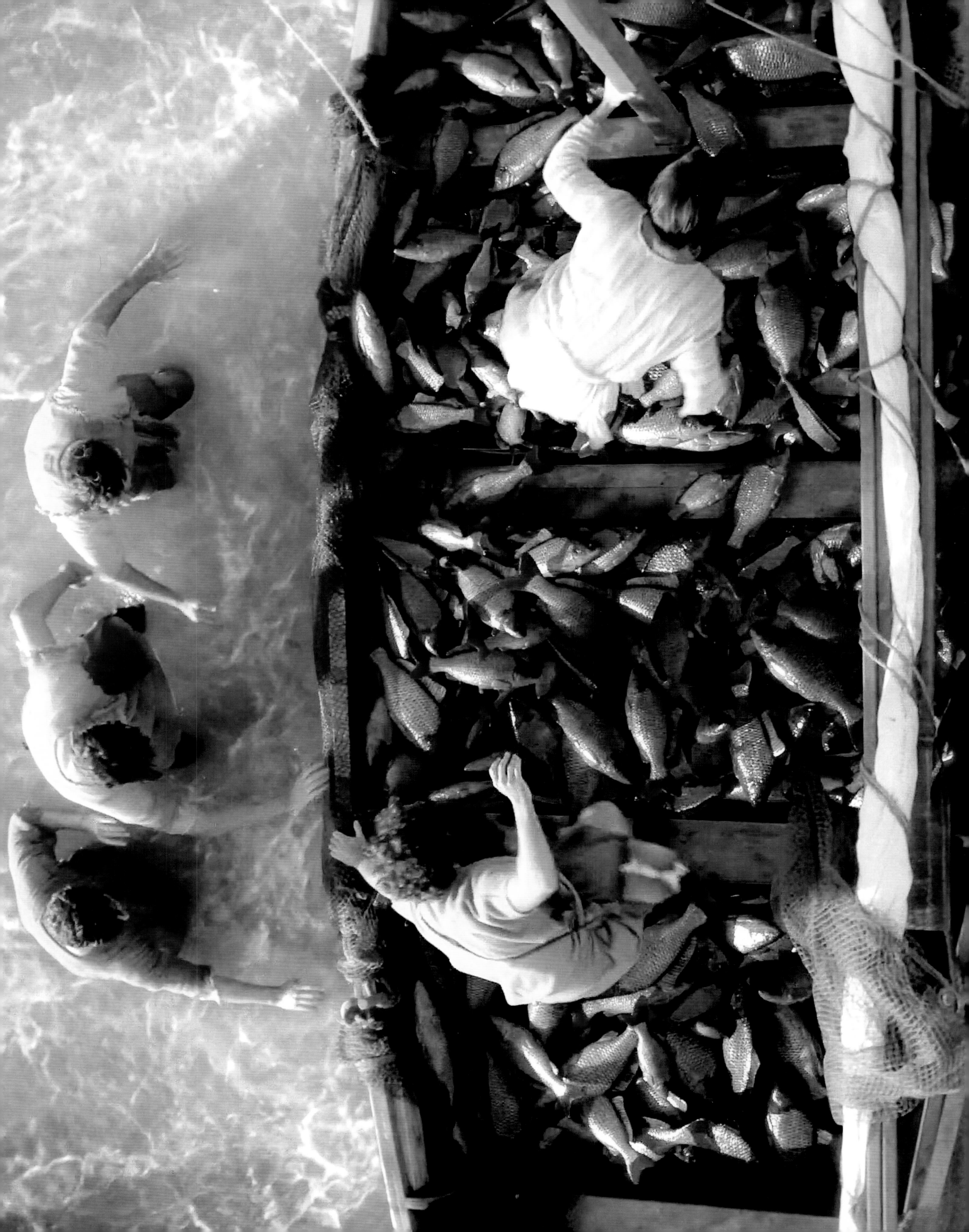

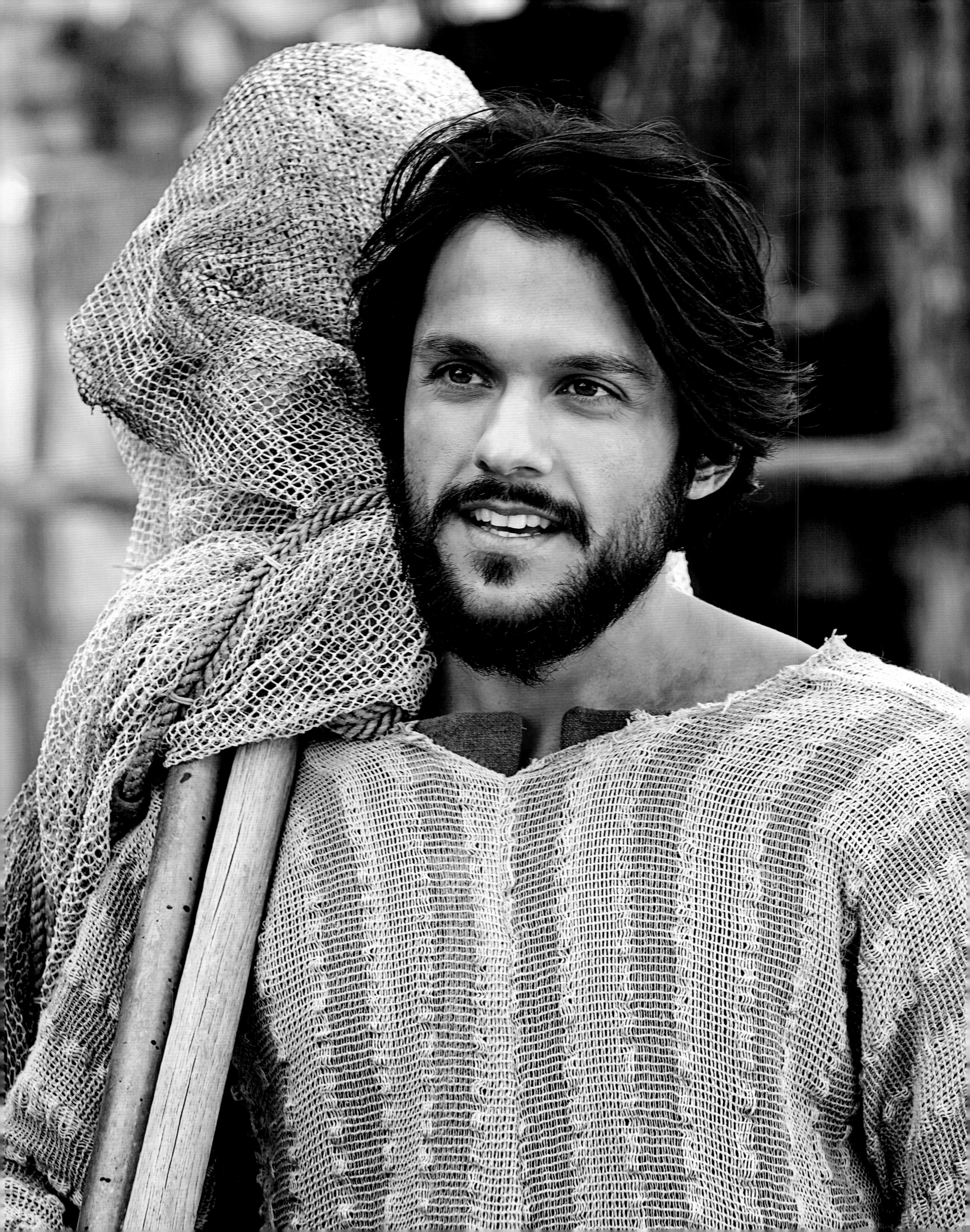

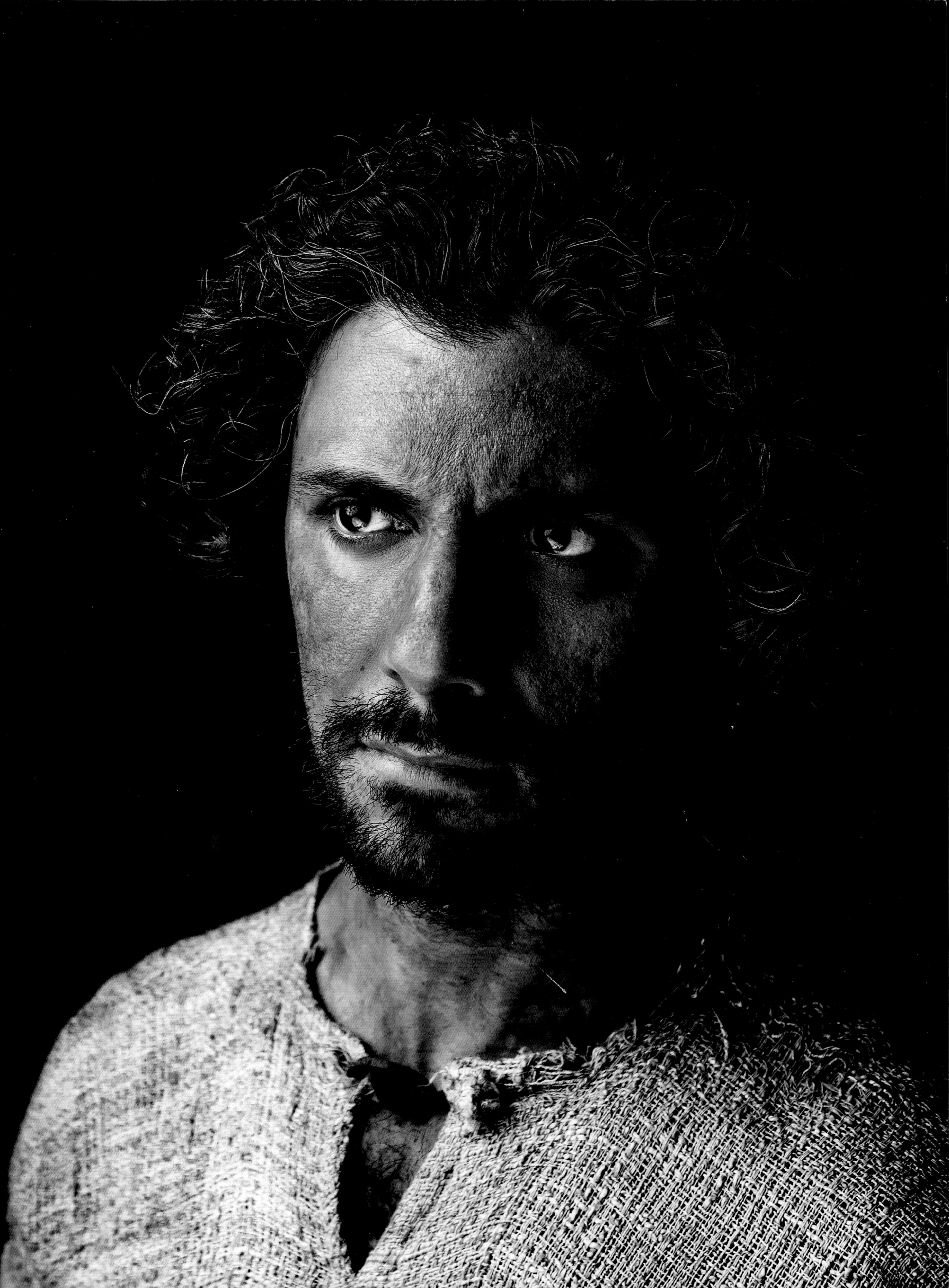

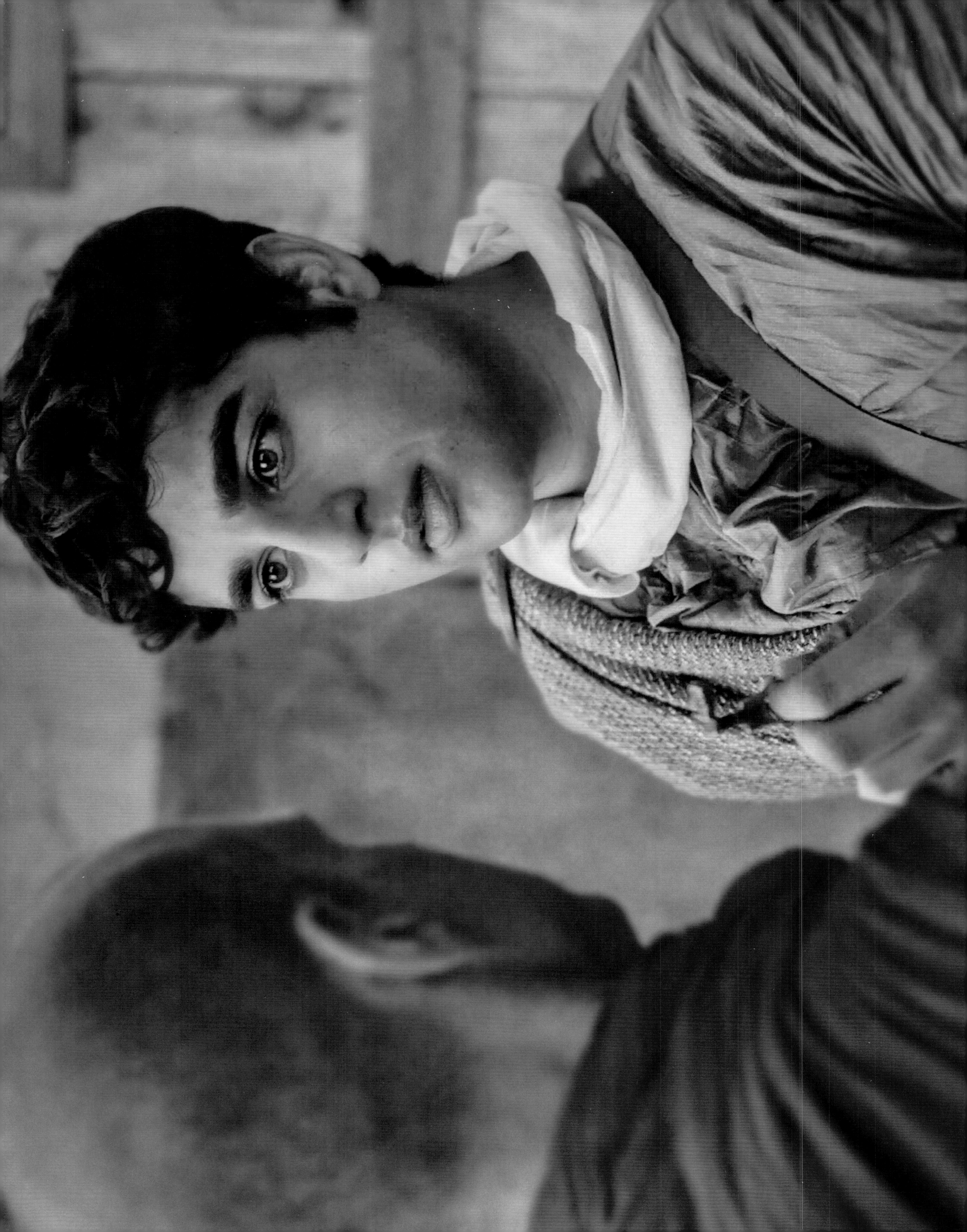

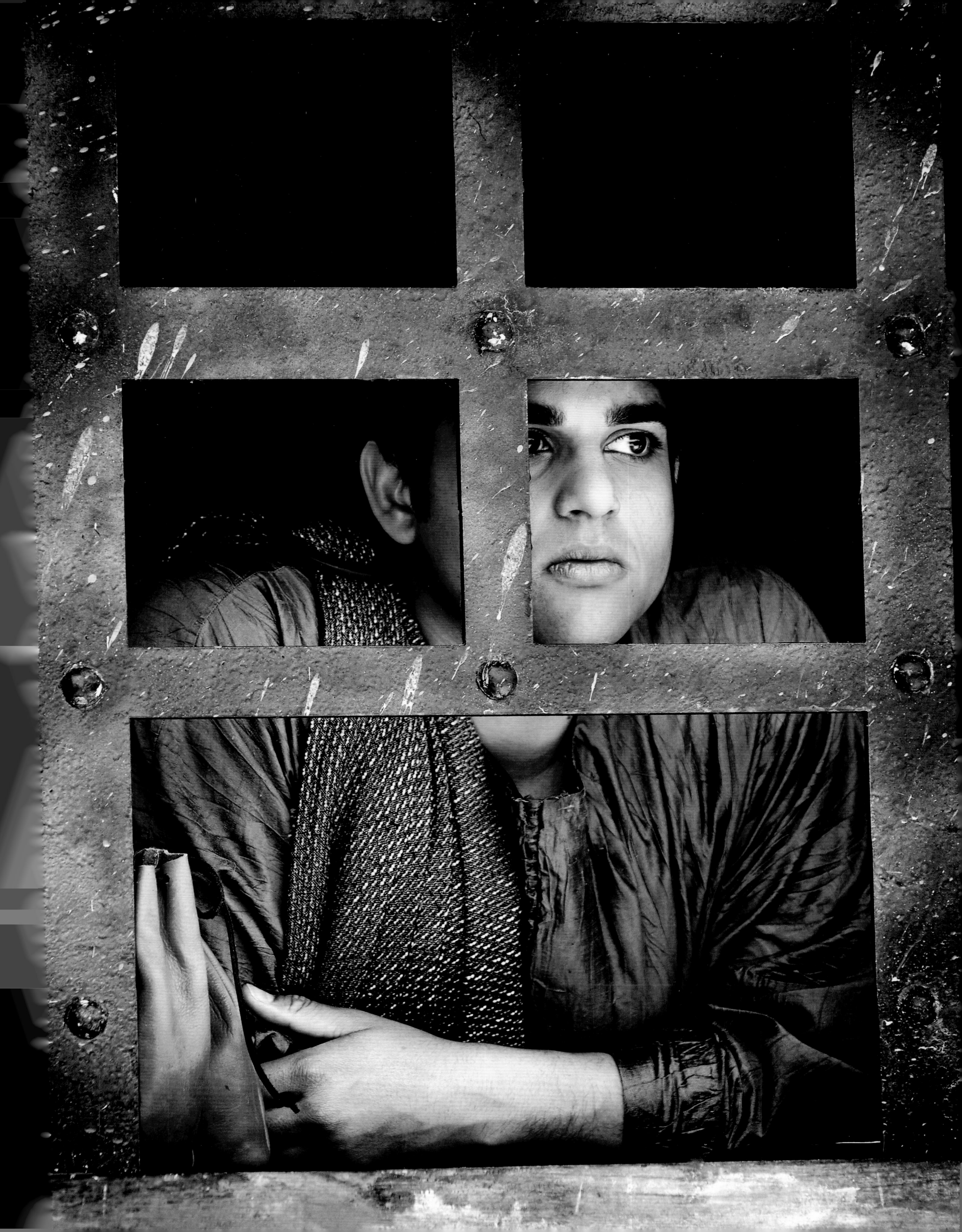

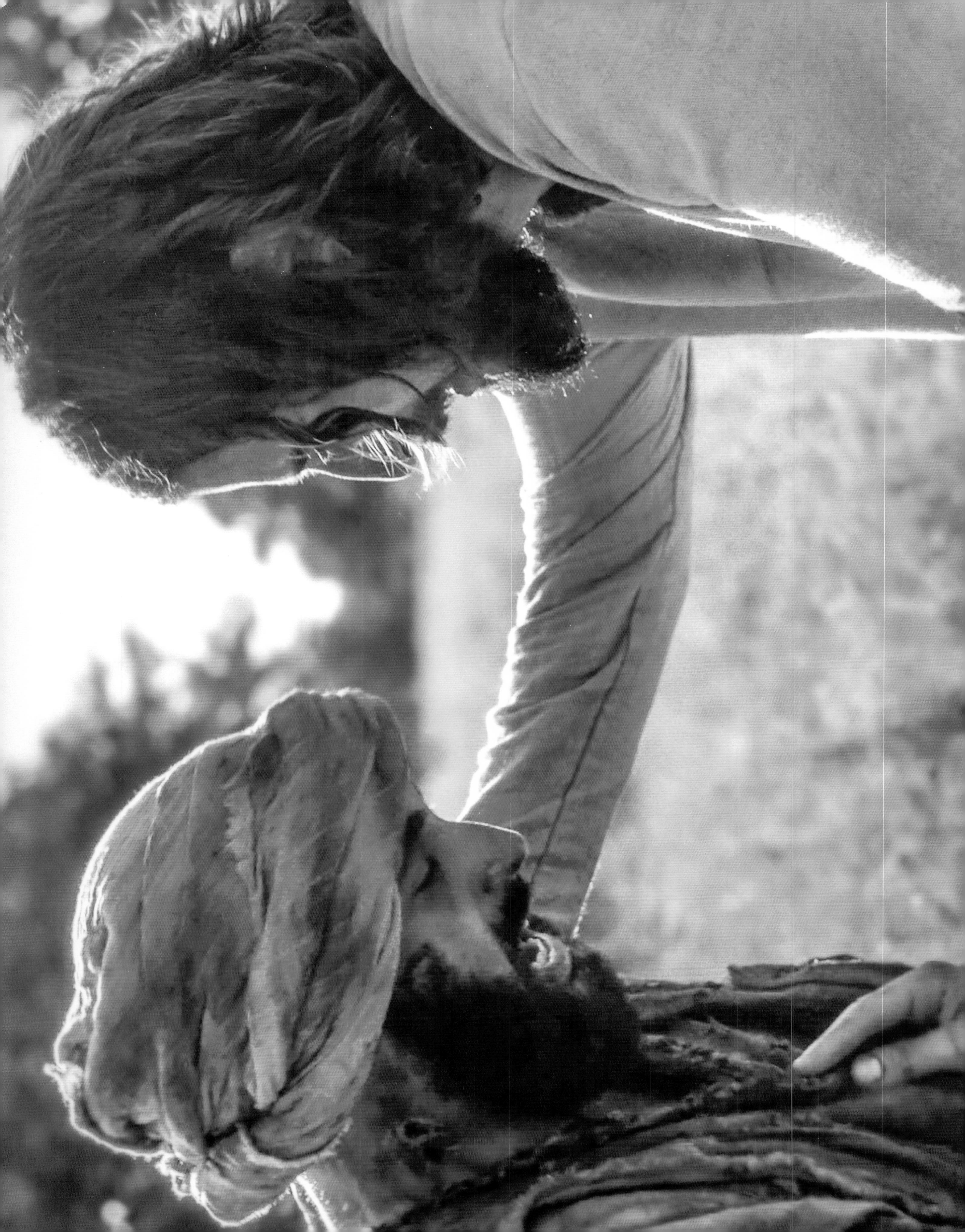